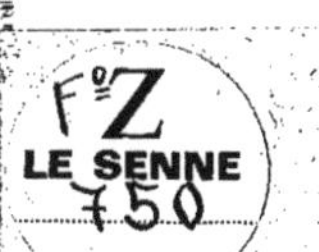

ETITCLAUDE

100 Illustrations

Obtenues par LA PHOTOGRAPHIE

D'APRÈS NATURE

M. BONVALLOT
Photographe-Éditeur,
53, Rue des Martyrs
PARIS

JOYEUX-PARIS

PETITCLAUDE

100 Illustrations

Obtenues par

LA PHOTOGRAPHIE D'APRÈS NATURE

BONVALLOT
Photographe-Éditeur
PARIS

JOYEUX PARIS, que nous présentons à tous les amateurs de ***la fantaisie*** et de ce bon esprit gaulois qui est ce que nos pères nous ont laissé de plus vivace d'eux-mêmes, est une revue photographique des événements joyeux de la vie à Paris. Les sujets galants y tiennent cette place infiniment délicate et permise qui est la caractéristique tant aimée en France et à l'Étranger des publications vraiment parisiennes.

Tout ce qui nous a fait *rire* au jour le jour du *petit potin* ou du ***grand succès*** et que nous avons trop vite oublié, au cours de cette année qui a eu tant d'heures difficiles, est remis sous les yeux du lecteur pour sa plus complète joie.

D'ailleurs **JOYEUX PARIS** se présente à lui avec tant de grâce mutine et alléchante sous les charmantes silhouettes féminines qui ont bien voulu incarner si drôlement ses caprices et ses folies d'un instant, que nous ne doutons pas du chaleureux accueil qui lui sera fait.

EN CABINET PARTICULIER.

Elle. — Dis-moi, chéri, veux-tu en voir une drôle ?
Lui. — Oui, et si tu m'amuses, je paie un voyage à Cythère.
Elle. — Tout ce qu'il y a de plus amusant : un défilé photographique des joyeusetés parisiennes.
Lui. — Une revue alors ?
Elle. — Oui — et j'en suis la Commère !

TOURNE LA PAGE
ET REGARDE !!!

SUR LE BOULEVARD (Bâton de l'agent).

Un fiacre allait trottinant
Cahin ! caha ! hue dia ! hop là !
Un fiacre allait trottinant
Avec trois petit's femm's dedans !

V'là qu' tout à coup un agent
Cahin ! caha ! hue dia ! hop là !
V'là qu' tout à coup un agent
Leur crie, avec un bâton blanc.

Vous gênez la circulation
Cahin ! caha ! hue dia ! hop là !
Vous gênez la circulation
Arrêtez qu' j' dress' contravention.

Une des petit's dit à l'agent
Cahin ! caha ! hue dia ! hop là !
Un' des petit's dit à l'agent
Ferme ta boîte ou je saut' dedans !

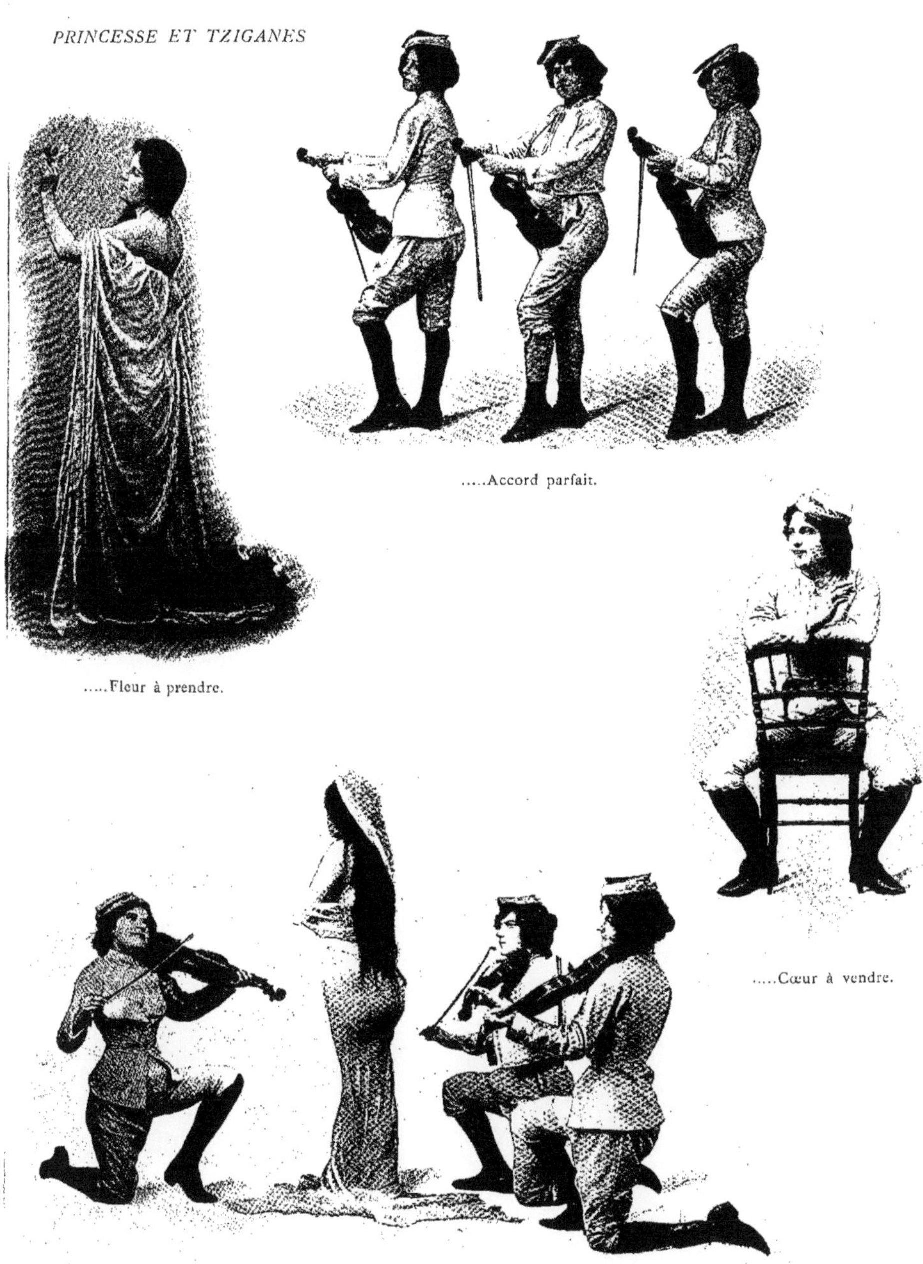

.....Accord parfait.

.....Fleur à prendre.

.....Cœur à vendre.

.....Ils ne veulent que *Rigoler*..... Elle ne rêve que *Paillardises*..... Car a ment jamais!

ORCHESTRE DE DAMES.

MOUVEMENT FÉMINISTE. — Elles nous font un autre genre de musique, mais c'est toujours nous qui payons les violons...

Trois jolies petites chattes... jouent ensemble sans se faire de mal : *les loups ne se mangent pas entr'eux !*

CONCOURS DES CHATS (Suite)

CHATTE JOUEUSE
Joue avec sa boule, mais ne la perd jamais.

Une grosse querelle....

Chattes primées.... assez cher, d'ailleurs !

Concert nocturne : Notes piquées d'abord.... accords plaqués ensuite..., portée, 3 mois après.

Chatte gourmande.

Fait le gros dos : cherche un matou.

Il va pleuvoir!

Montre les dents... et les griffes !

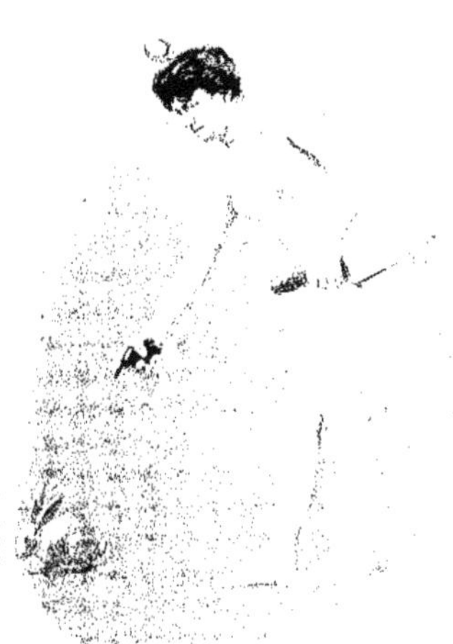

Diane Chasseresse.

Danaé... ou la pluie d'argent!

Le repos de la statue (Elle l'a bien gagné)!

Le signe de Léda.

Chante toujours en dos... majeur.
Une note... à payer!

Notre Commère....!

MARCHANDE DE FLEURS
Interprète avouée
du cœur des vieux messieurs.

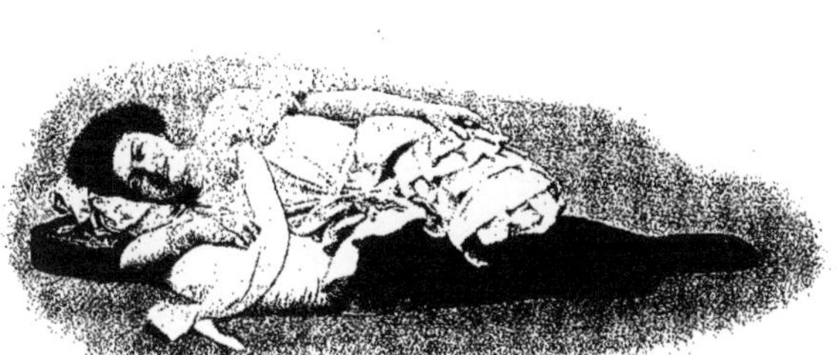

LE COUCHER DE LA PARISIENNE
Le suggestif de la pose ne le cède qu'à la richesse et à l'élégance des décors.

Ces dames vengeant notre honneur dans un endroit écarté et désert.

EFFETS CURIEUX DU TALENT
D'UNE GRANDE TRAGÉDIENNE
SUR UN AUDITOIRE ADUSÉ!

Les spectateurs sont enlevés, poussés, emportés... Les ficelles de la grande tragédienne sont si petites qu'on ne les voit pas!

NANSEN AU POLE NORD

Nansen, de passage à Paris, découvre enfin le Pôle Nord. Conduit par ses chiens fidèles il tente l'ascension des glaciers de Clichy...

Sous ces régions inconnues mais hospitalières, il retrouve les espèces animales des *mères* polaires (phoques, loups-phoques, ours et morues). Nansen qui ne perd pas le nord constate au thermomètre des variations music-hall!

JOURNAL FÉMINISTE

— *La Fronde*, ça n'm'étonne pas que c'est *nous* qui l'écrivons. C'est bien rasant!

RAYONS X

Ce qu'il vise....

Ce qu'il voit!...

Ton mal personne n'a trouvé ;
Gabriel m'a inspirée,
Tu sauras la vérité
Dont nul ne se s'rait douté !
Si t' as la taille déformée
Ce n'est pas d'avoir mangé.
Ne sois donc pas étonnée
Si tu as un nouveau-né !

Lorsque tu es entrée
Tout de noir habillée,
Crois-tu ? j'ai deviné
Un parent décédé.
J' puis t' dir' en vérité
Quand t' auras oublié
Et que ça s'ra passé
Tu seras consolée !

Gabriel a parlé ! ! !

Exposition de la défense!

Gare aux Aréopages.

Arguments frappants et contradictoires!

SORTIE DU BAL DES QUATR'Z'A.

L'Agent. — Je vais vous en fourrer des nudités !... Ouste, au bloc !
Une petite. — Va donc, eh ! *Dérangé* !

(Voix des petites dans le lointain.) — De la peau ! de la peau ! de la po... lice !

SORTIE DU BAL DES QUATR'Z'A (Suite)

— De la peau!... J'en tiens une.

— Ouste!... Je la porte au commissaire.

LES LOTERIES DES JOURNAUX

.... Encore des valeurs à l'eau !

LES DEUX GOSSES (A l'Ambigu Comique).

L'auteur, désirant que ses deux gosses fournissent une longue carrière, les a livrés plutôt très jeunes en pâture au public.

L'auteur, qui garde la braise, laisse ses deux gosses se chauffer à la chandelle que tiennent ses interprètes..... La foi des spectateurs pas plus que le foie de morue n'a l'air de s'épuiser.

A la 100 000e représentation, les acteurs, toujours les mêmes, arrivés à leur déclin, donnent tout ce qui leur reste de flamme pour jouer les *vieux gosses :* sans ambiguïté comique !

Quelques gentilles petites en soldats

Dragon... de vertu!

Tireuse à genoux...

Savent monter un bateau comme pas une... et grimper au mât comme pas un...
Des femmes à mâter!

Peloton... à peloter.

Turco.

Sentinelle avancée.

On ne verra plus, près des guérites,
que des pékins au porc-d'arme!

Houzarde...

Marcelle (Prévôt.)

Quelques-unes de nos plus charmantes en soldats de l'avenir.

DÉPART D'UNE ÉTOILE POUR L'AMÉRIQUE

Mlle Clyso de Rhodes ne voulant rien en-
ndre des conseils maternels emporte un porte-
›nheur qui la suivra quoique *laid au pôle* (!)
il le faut...

RETOUR D'AMÉRIQUE

Un riche fabricant de manches à balais à la recherche d'un modèle nouveau, fait de royales offres à Mlle Clyso de Rhodes, qui compte dans son armorial le colosse du même nom. Maman Barnum surveille les enchères.

MUSULMANOMANIE.

Le Musulman Maboul'Humid I[er] au milieu des odalisques de son harem de la rue Grenier-sur-l'eau.

MUSULMANOMANIE (Suite)

Maboul' Humid, fatigué des exigences de la sultane *Validé*, met sa main sur son cœur et s'affaisse...

DU " CYCLONE " COMME MOYEN DE LOCOMOTION (Suite)

Le trajet.

— L'arrivée... tout le monde descend!

Quelques instantanés.

Départ de la Madeleine...

LES DESSOUS... PARISIENS.

La chemise...

Le pantalon...

Les bas...

LES DESSOUS... PARISIENS! (*Suite*)

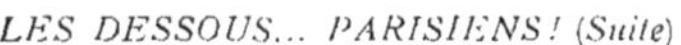

Le jupon.

Le corset.

La robe de chambre..... pour mettre dessus!

LES COULISSES DE NOTRE REVUE

Mesdemoiselles Suzanne, Suzon, Olga, Lucy, Yolande, Mélanie.
Femmes du plus grand monde... Princesses déguisées !

(Adresses faciles à trouver sur l'Annuaire de la Noblesse.)

Achevé d'Imprimer

PAR

ÉDOUARD CRÉTÉ à CORBEIL

Corbeil. Imprimerie Éd. Crété.

www.ingramcontent.com/pod-product-compliance
Ingram Content Group UK Ltd.
Pitfield, Milton Keynes, MK11 3LW, UK
UKHW012102240726
13965UKWH00004B/1490